작은 새를 위하여

천년의시 0109

작은 새를 위하여

1판 1쇄 펴낸날 2020년 6월 30일
지은이 서현진
펴낸이 이재무
책임편집 차성환
편집디자인 민성돈, 장덕진
펴낸곳 (주)천년의시작
등록번호 제301-2012-033호
등록일자 2006년 1월 10일
주소 (03132) 서울시 종로구 삼일대로32길 36 운현신화타워 502호
전화 02-723-8668
팩스 02-723-8630
홈페이지 www.poempoem.com
이메일 poemsijak@hanmail.net

서현진ⓒ, 2020, printed in Seoul, Korea

ISBN 978-89-6021-497-2
     978-89-6021-105-6 04810(세트)

값 10,000원

작은 새를 위하여

서 현 진 시 집

천년의 시작

시인의 말

언어 이전의 사랑을 알려 주신
외할머니께 이 시집을 바친다.

2020년 여름
서현진

차 례

시인의 말

제1부

해 설

제1부

봄, 꽃

잊고자 하는 마음들의 축제
피고자 하는 욕망들의 술렁임
그 성급한 희망은 무성한 꽃들로 피고
잔 높이 들어
미래를 꿈꾸며 한껏 취할 때
느닷없이 쏟아지는 눈발
그 마음에 재를 뿌리지
너무 일찍 터트리지 않았을까
마음의 희뿌연 거품들
그 분별없음을 바람아
오래도록 저주하라

겁 없이 피어 올린
상상과 예감의 찬란한 꽃송이들이여
붉게 불타올라
지상으로 떨어질 날들을 기억하지 못하나니
절망이 오기 전에
바람아 불어라

거룩한 평화

나른한 봄
노란 얼룩 고양이
난 아이들 풍경 밖입니다

책장 앞 팽이치기 삼매경에 빠진 남자아이와
마루 위 공기놀이하며 조잘대는 여자아이와
탁자 위 우스운 그림을 그려가며 낄낄대는 또 다른 아이들과
책상 위 책 속에 머리를 박고 있는 종아리가 제법 굵은 아이
끄트머리
사춘기에 막 접어든 6학년 여자아이는
무엇이 피곤한지 책상에 엎드려 자고 있습니다

아이들 사이사이
고요한 햇살
두근반세근반
볼을 살며시 쓰다듬으며
자분자분 걸어 다니는 바람
스스로 꽃이 된 아이들

누구도 간섭하지 않고 강요하지 않는

거룩한 풍경 한 잎

당신은, 누님이라고 부르는군요

봄보다
마음이 먼저 피어
홀연 당신은
나와 어울리는군요

당신의 옷이
살갗만 스쳐도 더 노랗고

당신과 마주친 눈빛은
몇 광년을 헤매다
간신히 스친 별빛처럼
안쓰러운데

나의 음성이
당신의 귓바퀴에 이르러
당신이 대답할 적에
큰 소라를 귀에 대면
들리는 먼바다 소리 같아

회색 건물에서

우연인 듯 만나진 것
인연이라 내가
나이가 무슨 상관이겠어요 하지만
당신은
늘
나를
누님이라고 부르는군요

벚꽃

—두 아들에게

나의 사랑아,
해마다 벚꽃이 피걸랑
그 연한 벚꽃 송이들이 너희를 스칠 때마다
엄마가 남긴 수많은 입술 자국이라고 생각하렴

너희들이 내 배 속에서
처음엔 조그만 씨였다가
그 다음엔 물고기
또 그 다음엔 양서류로
가장 나중엔 인간의 형태로 자라서
달릴 거 다 달고 꼬물꼬물 이 세상에 나왔을 적에
엄마는 너희 몸 구석구석 하얗고 붉은 입술 도장을 찍었지
그래서 봄만 되면 엄마의 입술 자국이 되살아나
미친 듯이 꽃송이를 터뜨리는 거란다

시간이 엄마를 앞질러
내가 다시는 입술을 열 수 없게 되어도
언제나 봄만 되면 벚꽃은 하얀 연분홍빛
부스럼처럼 덕지덕지 붙어있을 것이고
나의 입술이 닿았던

18

너희의 몸 구석구석에도 연붉은 열꽃이 피겠지
어른이 된 너의 입술도
사랑하는 누군가에게
잊혀지지 않는 자국으로 남으리니

봄밤

큰방엔큰오빠새언니작은방엔조카들이자고있고어항안의
다섯거북들은물따라잠이들고마루의벤자민난소철조용하고
뻐꾸기시계의뻐꾸기문닫고내방의방울꽃토끼저금통의토끼
석고곰태엽인형도잠이들고책꽂이의책들위에는먼지가쌓여
가고신발장의신발들도편안히누워있다벽지의자잘한무늬이
불에그려진그림도노래를그치고깨어시끄러운깊고어두운땅
속언어의씨앗

유리창 풍경

공원의 호수가 살얼음을 지우고
자신의 표정을 가장자리부터 연초록 눈빛으로 바꾸기 시
작할 때
검은 옷을 위아래 입은 남자는
무엇에 쫓기듯 달리기를 하고요
자전거를 탄 아이들은
소란스러움만 남겨 놓고 화면에서 곧 사라져요
넓은 챙 모자를 쓴 중년의 여자 둘은
젊음을 부르는 듯 팔을 어색하게 휘젓고요
목이 가는 아가씨는
목줄을 길게 늘인 강아지를 애인인 양 끌고 가요
배 나온 대머리 아저씨는
잃어버린 과거를 찾듯 자주 주위를 힐끔거리고요
때마침 떠나지 못한 한 줄기 쌩한 바람은
호수의 수면 위를 내달리다
자작나무 머리를 스쳐
빨간 꽃무늬 원피스 아가씨의 치마를
살랑 뒤집을 때
유리창이 풍경을 재빨리 바꾸는군요

윤 동냥치

그해 먼지가 아지랑이처럼 날리는 신작로 앞
봄볕에 시냇물도 몸을 풀고
죽은 척하던 나무들도 온몸이 간지러운 듯
부스럼 같은 새잎을 내미는데
그는 낡아빠진 검은 모직 롱 코트에
머리는 서캐가 드레드레 산발
우리 집 전방 앞 의자에 앉아
날짜 지난 신문을 펼쳐 들고
무슨 기사인지 열심히 읽고 있다
예전에는 퍽 똑똑해서 박사 학위까지 받았다는데
어떤 불미스러운 사건에 연루되어 고문을 당하고 난 후
정신이 이상해졌다는 소문
사실인지 아닌지는 알 수 없는 일

동네 아이들과 나는 그의 주변을 얼쩡거리다가
그가 이윽고 일어나
하얀 신작로 고갯길로
헤적헤적 걸어가는 발걸음을 뒤쫓아
이 더러운 동냥치야
그를 향해 돌을 던지기 시작했다

그 돌들이
우리가 죽을 때까지
우리의 꿈속까지
쫓아오고 있는 줄도 모르고

향기

다 부질없는 줄 알면서도
나무가 허공에 뻗은 길 따라
하얀 솜털을 띄엄띄엄 달아봅니다

쓰다 만 당신의 이름처럼
쉰 바람이 슬쩍 스치고

어디서 날아왔을까요
흰나비 입술

후
불자
솜털에 혈관이 생기고
분홍 피가 돌기 시작합니다

비로소
삶이 시작되었나요
서로 사랑해서 행복했나요
이런 게 사랑일까요

당신이란 나무에 갇혀
솜털을 눈물처럼 뚝뚝 떨어뜨리고
떨어진 상처마다
쓴 기억을 버무려
독특한 열매를 만들어보아요

열매마저 땅으로 돌아가면
난 어쩌지요

매운 향기로 떠돌다가
지독하게 미워져서
사랑했던 당신을 찾아
빙글빙글 돌까요

이문역里門驛에서

그해 여름
빨간 글씨 주차금지 벽
자동차들 이마 반짝이며 서있고
검정 매직으로 가위가 그려져 있는 벽 귀퉁이
어슬렁거리던 누런 개 한 마리 짝다리로
오줌을 찍 갈긴다
감전 주의 전깃줄에는 참새들이 무심히 앉아있다가
무엇에 깜짝 놀란 듯 휘리릭 날아가고
이문역 역무원들은
고양이 한 마리 졸고 있는 마당에서
서로를 툭툭 치며 실없이 웃고 있다

이문역,
을 둘러싼 집들
반쯤 깨진 유리창과
하얀 기저귀 천이 널려 있는 옥상
조그만 골목길엔
우르르 몰려 딱지를 치는 아이들
햇살 줄기를 야금야금 먹고 있는
옥상의 호박과 상춧잎

마당에 심어놓은
등나무 잎들은
제각기 바람을 휘감고
문가에 쪼그려 앉아있는 패랭이, 봉숭아, 달맞이꽃은
무엇을 기다리는지

예전과 다름없이
빚 독촉하듯 월화수목금
마을 입구로 쳐들어올 테지만

미처 떠나지 못한 철로 줄기 하나와
흔들리는 들꽃, 들꽃들

목, 숨

아까시나무 사이로 햇빛이 집을 트는
나무 밑 그림자 깔린 짙은 풀숲으로
까치 한 마리 다리를 다쳤나 부등깃을 다쳤나
날지 못하고 푸드득
숨는다
내가 아픈 새에게 다가가자
나무 위에 있던 또 다른 큰 새가
깍깍 길게 뻗은 나뭇가지 위에서
위협의 문자를 연달아 날리고
그 모습을 뚫어져라 쳐다보자
공격할 듯이 더 크게 울며
초조하게
부리가 부서져라 가지를 딱딱 쪼아댄다

목숨이 목숨을 위해 목숨을 거는 새

목숨이 목숨을 위해 목숨을 바치는 일이란
얼마나 거룩한 일인가, 라고 쓰려다 지운다
무엇을 위해, 누구의 목숨을 위해 내 목숨을 내놓고

싸워본 일이 있는가, 라고 쓰다가 지운다

목에 숨이 탁 막힌다

바다가 내린다

공해의 안개가 짙은 아침
미아삼거리는 늘 막혀 있고 널브러진 건물
사이
비장한 표정을 하고 어디론가 바삐 움직이는 사람들
여기저기 흩뿌려져 있다

하늘 귀퉁이에는 먹구름들이 떼 지어 몰려다니고
먹구름 사이로 희끗희끗
돌고래, 백상아리, 오징어, 새우, 딱딱이는 조개들
심해 물고기인 메두사 해파리가 유유히 헤엄치는 곳
흰 천을 잘게 찢어놓은 듯 갈매기들은
비릿한 짠 내를 뿌리며 날고 있다

곧 들이닥칠 소나기 더미

아주 먼 옛날
우리는
바다에 살던 긴 꼬리 가진 생물이었을지도
폭포처럼 막 쏟아지는
세포 깊숙이 새겨진 기억 줄기

우르르 쿵쾅

우리의 생명과 잇닿아 있는

먼먼 어느 날

그날의 바다가

방금

쏟아지기 시작하였다

반지하방의 추억

그해 북아현동 45도쯤 경사진 언덕 끝 3층 건물 반지하방 창문의 커튼을 열어젖히면 사선으로 반절은 지상 반절은 지하인 쪼개진 시간과 함께 멍하니 창문을 보고 있으면 사람들의 소리 그리고 홀수의 다리들 밤늦은 시간에 집보다 거리가 좋은 아이들의 욕지거리가 내 잠을 토막 내곤 하였습니다

포장도로 틈 간신히 생을 이은 민들레는 머리가 댕강 잘린 것처럼 줄기의 잎만 나풀대고 나는 어쩌다 들어오는 햇빛 줄기를 잽싸게 잡아 이불 속에 고이 숨겨 놓았습니다 당신이 오신다면 기꺼이 꽃 쟁반에 잘라 두 손 받들어 내올 수도 있겠습니다

여름 장마철 비가 억수로 쏟아지던 날
사선으로 튕기며 반짝이는 유리 파편들
비의 종아리만
당신과 함께
얇은 세사 이불 덮고
두 다리 뻗은 채
종일 바라봐도 질리지 않을 성싶은 나날들도 있었습니다

비

비릿한 사람 냄새 가슴을 울렁이게 짐승 같은
사람 소리 우르르– 후드득– 가깝고 먼
사람 사람의 몸부림
땅에 줄 긋기 혹은 생채기
사람, 스러지고 지우는
그 흔적 사이사이
땅
뿌리 내리지 못한
게거품 같은 포말
피 묻은 이야기들
하늘로 수직 상승

뽕밭에서

낮이 긴 남쪽
빛발에 무수히 찰랑대는 뽕잎은 연둣빛 일색인데
구름은 잊어버린 듯 그늘을 한번씩 툭 던지고 갑니다
그 사이로 후드득 날아다니는 새들
벌써 울음소리 내는 법을 잊은 듯
뽕나무만큼 앉으면 또 하나의 세상이 보이는군요
엉성한 거미줄만 남기고 거미는 어디로 갔을까요
찐득거리는 진딧물과 어수선한 벌 떼
땅을 찰지게 하는 지렁이
생명을 다한 벌레를 둘러싸고
몰려드는 날것들과
먹이를 차지하려 부산을 떠는 개미 떼
메마른 시간 땅을 악착같이 움켜쥐고 있는 풀들

오들개*만이
검보랏빛 배가 꽉 차오르면
소리 없이 땅에 떨어질 줄 알고

고개를 들어 하늘을 보니
어느새 바람 빠진 구름들도

찌그러진 풍선처럼

발밑으로

툭, 툭

떨어지기 시작하는군요

* 오들개: 오디(뽕나무 열매)의 방언(경상, 충남).

산책 2

태풍 끄트머리 황토 물이 밀려가는 시냇물가를 따라
열 살 아들은 그 나이만큼의 속도를 내며
자전거를 타고 나는 속도를 이기지 못하고
자꾸만 뒤처진다

아이는 물웅덩이를 가로질러
희미한 물그림자를 남기며
어느새 저 멀리 사라지고
내 심장은 작은 새처럼 헐떡이며
아이 이름을 부르다
철렁 가라앉고

아이는 아이대로
보이지 않는 어미를 찾아
속도의 태엽을 되감아
찌링찌링 자전거 벨 소리
좔좔 쏴아 물소리

버드나무, 강아지풀, 금계국, 네발나비, 구름 담은 하늘
풍경도

다시 제자리를 찾고

언젠가 내가 흰나비가 되더라도
이어질 질기고도 투명한
끈 하나
보인다

산책 3

나를 통과한 햇빛
햇빛을 통과한 버드나무
버드나무를 통과한 강아지풀
강아지풀을 통과한 시냇물
시냇물을 통과한 물고기
물고기를 통과한 돌멩이
돌멩이를 통과한 허공
허공을 통과하는 돌멩이
돌멩이를 통과하는 물고기
물고기를 통과하는 시냇물
시냇물을 통과하는 강아지풀
강아지풀을 통과하는 버드나무
버드나무를 통과하는 햇빛
햇빛을 통과하는 나
나를 방금 막 통과하는
전생이었던 새
그 새와 지금 막 조우하는
푸른빛
미래의 나

황금룡

더없이 한가한 주말 오후
고추, 가지, 오이, 상추, 치커리를 심은 도화지만 한 텃
밭에 물을 주니
그것도 노동이라고 몰려오는 허기
동네에 하나쯤 있을 법한 허름한 짜장면집에 들렀습니다
나름 황금룡이란 이름답게
출입문에 빛바랜 황토색 용이 먼저 손님을 맞는군요
의자에 가방을 놓자마자 소변이 마려워
주방을 통과해 뒷마당 귀퉁이에 있는 화장실에 갔지요
화장실 문 앞에는 검정 매직으로 크게

"우리 모두 깨끄치 씁시다 금연"

틀린 글자를 고쳐줄까 말까 한참을 고민하다가
다시 자리로 돌아옵니다
이윽고 중년의 부지런한 주방 아저씨와
그의 아내인 듯한
인사를 몇 번씩이나 하는 젊은 조선족 아줌마가 날라 온
사천 원짜리 짜장면 맛은
그야말로 일품이었습니다

시작

이스라엘 남동쪽
야헬 키부츠Yaheal Kibbutz*
두고 온 흰색과 검은색이 섞인
멀고 먼 무지개 새의 긴 깃털 하나

땅속에 묻혀
화석이 되었으려나
아무도 모르는 속 깊은 옛이야기처럼

숨죽여 두드려본다
텅텅
베어지지 않는 고요
짱짱 피가 나게 돌을 깨보자

휘익, 휘리릭

빨간 맨드라미의 푸른 불꽃이
먼 허공에 끼치고

무지개 깃털 달린 무수한 새 떼

검은 그림자만 지상에 남긴 채
흰 그림자만 데리고 어디로 가는가

내 푸른 꿈속에
불꽃을 달고
여전히 날고 있는 새, 새들

이제 막 이야기가 시작되려는 순간

* 키부츠: 이스라엘의 집단농장의 한 형태. 키부츠의 구성원은 사유재
  산을 가지지 않고 토지는 국유, 생산 및 생활재는 공동 소유로, 구성
  원의 전 수입은 키부츠에 귀속된다.

여름, 기억

그해 초여름 아카시아 꽃잎이 분분히 날리는 졸음 겨운 산길을 꼬깃꼬깃 접어

꿈속인 양 헤적헤적 걸어갔지

그 산길 끝에는 큰 바위 옆 바닷가 배말처럼 조그만 암자가 붙어있었고

그 암자에서 아직 푸르스름한 눈이 깊은 스님과 마주쳤는데

오 놀라워라

내 이름을 부르는 거였어

내가 화들짝 놀라 돌아보니

그건 나를 부른 게 아니라

나와 이름이 똑같은 자신이 기르던 개를 부른 거였지

그 절 뒤편을 도니 머리에 잡초를 키우는 바위

딱따구리소쩍새산비둘기휘파람휘 - 부는 새

푸드득 나는 날갯소리

바위틈 사이로 물 내리는 소리

나뭇잎들은 바람에 스스슥 서로를 비비고

키 큰 갈참나무는 가지 끝에 새 둥지를 얹고

간혹 잎을 떨어뜨려 시간을 깨운다

그 후 여러 날 산 모기가 스친 자리마다

내가 모를 먼 인연의 흔적인 듯
온몸에 붉은 꽃들이 피기 시작하였다

초여름, 매미

노란 불빛을 등지고
내려오는 계단
슬프게 일그러진
나의 그림자
사 층
여태껏 공중에 떠있었구나
한 계단 내려올 때마다 구두 소리
구두 소리
턱!
쉰 목소리의 자명종은
열세 번을 울고
천장의 커다란 전등은
마룻바닥에
중첩된 동그라미를 뿌린다
회전문을 찌이익 밀고 나서는 길
구석에 어둠과 음흉하게 움츠린 공준전화 부스 하나
커다란 바람의 침묵 소리
공원의 나무들은
기괴한 내 그림자를 숲으로 데려가고
어느 나무 한 귀퉁이

이어질 듯 말 듯 한 가는
울음소리, 매미 한 마리
그 울음
마음 깊이 들어와 나가지 않고
그 순간
갑작스레
쏟아지는
매미 울음바다
숲 전체가 술렁이기 시작하자
나는 더 이상
움직이지 못하고
쿵쿵 울리는 심장
자명종이 열네 번 울린다

한 울음

국민학교 2학년 그해 여름
학교가 파하고
터덜터덜 집으로 걸어오던 길
햇빛은 어찌나 내리꽂히던지
전봇대에 덕지덕지 붙어있던
하얀 속살 울렁이던
삼류 극장의 영화 포스터들은
또 어찌나 낯간지럽던지
그날따라 친구들은 코빼기도 안 보이고

실내화 주머니를 빙글빙글 돌리며
기찻길을 끼고
살림이 훤히 보이던 판잣집을 지나
미로 같은 좁은 골목길로 접어드는데
왠지 좀 가벼워진 무게감에
실내화 주머니를 들춰보니
아뿔싸
사라진 꼬질꼬질
실내화 한 짝

급히 되잡아 가던 길
보이지 않고
할머니한테 혼날 게
무서워

파랗게 녹슨 대문이 삐그덕
할머니 얼굴과 부딪치는 순간
나도 모르게
엉엉

이야기를 한 바가지 쏟아놓자
굳은 얼굴로
아무 말씀 안 하시던 그날

크게 울길 잘했어
정말

화해

비는 추적추적 내리는데
친구와 말다툼하고
돌아온 여름 푸른 숲

산이 물 내리는 소리
목탁 소리
긴 기도 소리
젖은 딱따구리
검은 나무
혈관을 타고 오르는
심장 소리
폐 속에
공기가 들어왔다 나가는
거친 피리 소리

오르고 또 오르고
다시 돌이켜 보니
좁쌀만 한 오해들의 산등성이

물비늘같이 반짝이는

돌멩이들과
가슴속 덩어리가 차이고
미친 바람처럼
떠도는 마음

네 마음이여
이제 모든 것 용서하고
내게로 돌아오라
마음이여

해 따라가기

1. 해 짐
재식이 형, 오능이 네게브 사막
산 염소 똥과 새 발자국이 나있는 모래 산에서
해 지는 것을 보다
얕은 모래 산과 돌산의 능선, 구름 그림자, 그토록 많은 붉
고 불그스름한 것들
우리는 소라 화석이니 실지렁이 화석 등을 주머니에 잔뜩
집어넣고
옛날 옛날에 이 사막이 바다였대
바다 밑바닥을 걷는 것과 그 위로 해 지는 것 더불어 상
상하기

2. 해 뜸
해 지는 맞은편 산줄기에 해가 뜨다
차가운 돌산에 누워
파리 떼와 함께 숨을 헐떡이며
이대로 죽어도 좋다는 생각
해는 살아있는 것들을 살게 한다
홍해에 쏟아지는 눈부신 빛들은
새와 물고기에게 화려한 색깔을 입히고

세상의 하루를 등에 업고 있다는 생각

3. 다시 해 짐
낙타 똥이 유난히 많은 산, 계곡을 헤매다
해 지는 것을 보고
각자의 여행길로 떠나다
우리를 쫓아다니던
해 그림자
깊은 잠 속에서
꺼내 보는 나의 해,
우리의 해

가을, 은행잎

소나기처럼 쏟아지는
가을 햇살로 만든 창살은
차라리 좋았습니다

당신에게 가을마다 보낸 편지들은
수취인 불명으로 반송되어
녹슨 잎으로 날리고

당신이 계신 곳
그 어디쯤 고개를 돌려 보면
울긋불긋 산 능선이
긴 꼬리 감추고 앉아
무엇을 가슴에 품고 있는지 암암하고

당신과 내가 놓인 그 거리는
하늘의 알 수 없는 깊은 허무 같은 거라서

당신이 누구인지도 모르면서
당신을 그리워하는 나는
노랗게 뜰 수밖에

그 모습을
초롱 눈망울로 보고 있던
직박구리 한 마리가
똥을 찍 갈기며

삐익 삐익 삡삡
빠보 하며 비웃더니
멀리 날아갑디다

나는 초콜릿

하늘은 지상의 바닷물을 퍼 와 더욱 깊어지고
나무는 자신의 무게를 견디지 못하고
녹슨 머리카락을 우수수 삭발하는 시간

문학관 앞에서 엄마를 기다리는
피를 이은 듯한 아이 둘
무심코 그냥 지나치려다
가방에 넣어둔 초콜릿 두 개
아이 손에 각각 쥐어주고
황급히 주차장을 빠져나가려는
순간

차르르 도는 마법 열쇠 꾸러미

차 뒤를 따라오며
부챗살처럼 흔드는 아이들의 펼쳐진 하얀 손, 손바닥들
덩달아 노랗게 뜬 은행잎들이 수런거리며
땅으로 핑그르르
한쪽 눈 질끈 감고 귀퉁이에서 반짝이는 돌비늘
주책없이 쏟아지는 빛 소나기

날개 달다
내 자동차

사람은 기어이 혼자 날 수 없다고
햇살 한 줄기 하얗게 표백하는 당신은
누구?

어느 가을날

빙그르 원무를 추며 추락하는 은행잎 사이로
자전거를 타고 쌩쌩 달리는 아이는
코스모스 꽃밭을 훌쩍 날아오르고
피아노 건반 횡단보도 위의 어떤 노인은
탁탁 두드리는 지팡이 선율 따라
한 세월을 연주한다

연미복을 깨끗이 차려입은 까치는
새 소식은 전해 주지 않고
어느새 배경지 바뀐 하늘을
하얀 똥을 찍 갈기고
무심히 날아간다

우주를 담고 있는 마른 씨앗들은
무리수 별처럼 어둠 속에만 있고

감잎에 잠깐 반짝이다 곧 스러지는
생명붙이들

인간이 주는 먹이에 저당 잡힌

비둘기 빨간 다리는 더욱 붉게 타오르고

흰 그림자만

질질 끌고 가며

서걱거리는

시간의 발자국을

가위로 싹둑 자르고 싶은

가을날

몇 번의 가을이 오고 갔는지

끝내 베어지지 않는 시간

가을에 살다

여름

찬란한 햇빛과 예감으로 불타오르던 시간

미친년처럼 머리를 풀어 헤치던 절망과

나뭇가지에 매달린 끈질긴 희망을

그 욕망을 놓아버리자

바람 속을 날아

부드러운 하강

땅에 배가 닿는 느낌

편안하구나

폭풍 같은 열정도 메마르고

수천 개의 숨구멍 감각의 문도 닫히고

바람 가는 대로 스륵스륵 휩쓸리다

재가 되는 소리

편안하구나

여름 나무 훌훌 던져버리고

떠나라

영혼아

오래전 잊어버린

엄마의 자궁 속으로

눈, 길

기어이 당신에게 내뱉고 말았습니다
이십 년 만에 아니, 백 년 만에
당신으로 인해
스스로 내 부리를 잘랐다고
그 상처 위에 눈만 삼백 미터 푹푹 쌓여 길을 잃었다고
반짝이는 눈 위에 찍힌 핏방울 따라 이백 년을 헤매었다고
여기까지 오는 데 구백 년이 걸렸다고
그 피의 길이 내 길이 되었다고
정말이지 살고 싶어서 죽었다고
숫돌에 정성스럽게 간
따뜻한 칼을 쥔 건,
당신이 아니라 바로 나였다고
그 칼날이 비추는 길이
바로 내 길이 되었다고

나는 걷는다

눈이 쌓인 오래된 성채
내가 내쉬는 날숨 따라 안개는 더욱 짙어 자욱하구나

먼 옛날 사람들이 살며 기도하던
그 간절함으로 남근처럼 생긴 석회암 기둥 구멍이 숭숭 뚫린
웅크린 짐승 같은 토굴들을 옆구리에 끼고
녹은 질척한 눈 사이로 아스팔트 도로가
가끔 지나가는 자동차 불빛에
반사되어 번득이는
밤을
걷는다

무서움도 잊은 채

토굴 옆에 사는 빨간 벽돌로 지은 작은 집에서는
향수처럼 밥 짓는 구수한 냄새가 연기처럼 피어오르고
기숙하는 개는 허공에 대고 무턱대고 왈왈댄다
금방 쏟아질 것 같은 회색빛 하늘
별빛조차 어수룩한데
터키어로 나비 여인숙이라는 뜻을 가진 "퀘레벡 펜시온"을

항해

불을 버리고
걷고 또 걷는다

여기저기 나비처럼 떠돌며
가벼워진 배낭 하나 둘러매고
걷고 있는 것도 멈춰있는 것 같고
가만히 앉아 차를 마실 때조차 걷고 있는 것

무슨 향기에 취해
나는 홀로 이곳에 와있는 것인지

내가 지나온 발자국들은
어둠 속 달빛 뿌리가 박혀
더욱 빛나고

아직 가지 않은 길에는
나보다 먼저
먼 미래부터 나를 기다리고 있는
발자국

이상한 나라

여느 날처럼 책상에서 꾸벅꾸벅 졸면서 풀풀 먼지 나는 시집을 읽고 있는데 난데없이 기다란 귀를 가진 키가 큰 흰토끼가 쑤웅 하고 나타나 그 큰 머리를 나에게 바짝 갖다 대고는 허리춤에 찬 회중시계를 가리키며 이제 갈 시간이야 합니다 내가 보니 그 시계는 12시를 가리키고 있었습니다 나와 토끼는 초록 덩굴이 우거진 숲을 지나 꾸불꾸불한 어두운 동굴을 기다시피 겨우 빠져나오자 눈부신 햇살 속에 어린 시절 빨간 슬레이트 지붕의 집 마당에서 장갑 대신 양말을 끼고 열심히 눈사람을 만들고 있는 꿈속에서조차 늘 외롭던 열 살 된 내가 있었습니다 흰토끼는 온데간데없고 어린 나는 어른이 된 내가 다가가자 호기심 가득 찬 얼굴로 물끄러미 쳐다보았습니다 나는 아무 말 없이 어린 내가 만들고 있는 눈덩이를 크게 만들 수 있도록 눈을 모아주고 또 모아주었습니다 하늘에서는 축복처럼 눈발이 날리기 시작하고 하얀 눈밭에 발자국을 찍으며 놀고 있었는데 이상하게도 그 발자국은 금세 지워지고 또 지워지는 것이었습니다

얼마의 시간이 흘렀을까 어디선가 다시 흰토끼가 뽕 나타나 자신의 회중시계를 가리키며 이제 갈 시간이야 합니다 이 이상한 나라는 항상 12시란 걸 난 이미 눈치채고 있었죠 그래서 난 토끼에게 크게 외쳤어요 거짓말하지 마 이 나쁜 토

깽이야 너 시계는 항상 멈춰있잖아 그러자 그만 그 털이 보송보송한 흰토끼는 눈가루처럼 사라져버리고 눈이 계속 내리고 있는 이상한 나라에 어린 나와 어른이 된 내가 영원히 살게 된 거예요

이 세상 사람들은 내 껍데기만 보고 곧잘 이렇게 말을 하곤 하죠

참 성실하고 충성스러운 인간이야 암만

눈, 꽃

당신에게
시리도록 아름답게 보이고 싶어
눈, 꽃으로 피었어요

뼛속까지 보이는 투명함으로
당신의 눈이 나에게 닿을 때까지
가없이 비추고 싶어요

어느 계절인 듯 피지 못할까마는
눈물 방울방울
차마 쓰지 못한 글자 글자
사이
바람이 불고
그 바람마저 얼어붙을 때

기다림의 시간마저
서늘해서 감미롭다고
기꺼이 피어날 거예요
순간의 영원함으로
당신의 눈, 빛으로

제2부

거시기
—할머니의 말 1

새벽에 시장에 나갔는디야
거시기 뭐시냐
배추를 몽땅 실은 트럭들이
새내끼에 낀 굴비마냥 들어오는디야
거시기 뭐시냐
노인네들이 그 트럭에 불개미맹키로 붙어서야
일꾼들이 배추 내리고 나면 남아있는 배추 쪼가리들을 줍느라
거시기 뭐시냐
난리 법석이여
긍께 나도 질 수 있간
죽어라 주섰당께
며칠은 국거리 찬거리 걱정은 안 해도 되겠어야

배추 짠 내가 훅 끼치는 거시기란 말

귀지

온갖 소리의 겹침이 주름 되어 번져나가
어느새 내 귓속에 차곡차곡 들어앉아 있었구나

자동차 안을 데우던 피아노 선율
풍선 터지는 경적
아이들끼리 싸우는 원색의 소리
빠진 앞니 사이로 쏟아지는 웃음 소나기
타다닥 컴퓨터 자판 사이로 짧게 잘린 음절들
쿵쿵 걸어 다니는 고릴라 발바닥
화장실 수도꼭지는 늘 조금씩 열린 채 또-옥 똑똑

밭은기침 울리는
당신의 험한 숨소리
내 머릿속 생쥐들은 유난히 부스럭대고
소리 알갱이들이 응집된
누르스름한 누각

고요함이 무서워
천치처럼 떠들어대던
내 말들이 허공에 떠돌다가

어느 누군가의 귓속에
딱지처럼
덕지덕지 얹혀 있을지도

부디 날 용서하고
속히 먼지로 떨어져
너 고향 사막으로 돌아갈지니
그곳은 의미 없는 말들의 무덤

그 흔한 저녁 풍경

그해 터키 서부
최초의 정신병원이었던 아스클레피오스의 신전
페르가몬 유적지를
흐르는 물소리 따라 시간을 거슬러 헤매다
생량머리 접어든 석양 즈음
홀로 숙소를 찾아 올리브나무 사이를 터벅터벅 내려오는 길
동네 모스크에서는
무에진*이 예배시간을 알리기 위해
외치는 아잔** 소리 바람처럼 가슴을 훑고
회색빛 햇살은
스산하게 골목에 들어서자
제 발목을 꺾는 시간
새들은 이 나무 저 나무로
누구를 부르는지 소란스럽게 몰려다니고요
다람쥐처럼 뛰어다니던 아이들도
어둠에 묻히는 게 싫어
서둘러 집으로 뽈뽈거리며 달려갑니다
때마침 저 골목 끝 귀퉁이 빨간 벽돌집 굴뚝에선
머리를 푼 연기 막 하늘로 날아오르는 순간

현진아, 그만 놀고 밥 먹어라

낯익은 목소리에
고개를 휙 돌려
어디쯤인가

골목 끝 고소한 밥 냄새가 꿈결처럼 풍겨오는
파랗게 녹슨 양철 대문을 뚫어지게 바라보는

사이

또다시 집을 헤매는

* 무에진: 예배 시간을 알리는 사람. 매일 이슬람 세계의 모든 남성을 신
  실하게 기도의 자리로 부르는 무에진의 목소리가 하루 다섯 번 울려 퍼
  진다. 새벽, 정오, 오후, 일몰, 해 질 무렵이다.
** 아잔: 이슬람교에서 신도에게 예배 시간을 알리는 소리.

꽃별

어둡고 뚝뚝한 나날들
심해 소금별 무리 향해
큰 물고기 가시처럼 펼친 흰 가지
헛소문처럼 휘날리는 눈발 한가운데서도
긴 기도처럼 펼치고
오돌오돌 한데 서서 바라보는 눈들

먼먼 노래처럼
밀물 썰물로 가슴속 어두움 밀어내기
질척한 저녁 무렵
느슨한 그림자 힘들게 거두고
밤그림자 하얗게 떨구기
들큼한 날숨들을 모아
뿌연 안개구름 하늘로 툭툭 던지자
온몸의 간지러움일랑 참지 말고
긁어 부스럼 만들기
어느새 부스럼 딱지 떨어져
꿈길 같은 연하고 흐릿한 잎 봉오리 사이
사춘기 여자아이의 가슴 멍울
하늘길 따라 숨 가쁘게 내려온

톡톡 터지는 플래시 세례

꽃별 피다

꽃을 함부로 꺾는 이에게

한 송이 꽃이 향기롭고 예쁘다고
길가에 핀 꽃을 꺾어본 자는 알리라

뿌리를 잃은 그 꽃은
늘 휘젓고 다니던 바람도 머물지 않고
벌과 나비 또한 날던 길을 바꾸고
그 꽃만이 가진 빛나던 생존의 색깔마저
녹슬고 마는 것을

그 꽃은
단지 우리를 기쁘게 하려고
완벽한 존재의 알맹이로
허공을 향해 독특한 냄새를 짜내고 있는 게 아님을

자신만의 열매를 맺기 위해
무수한 상처의 옹이를
온몸에 훈장처럼 달았던 것을

따뜻하게 땡땡 얼어있던 지난겨울
어둡고 질퍽한 땅 그늘 속에서

얽히고설킨 긴 관을 통해
간신히 연명한 생명붙이임을

우리도 한때
온 우주의 시간과 공간의 열에너지가
한순간 폭발해서 피어난
완벽한 한 송이 꽃이었음을
긴 기억의 탯줄을
사람들은
어느 언저리에 놓아버렸을까

나 없는 동안

나 없는 동안
밤나무물푸레나무버드나무잣나무느티나무오동나무소나무야
잘 있었니

비에 젖었어도
흠뻑
검은 줄기 갈색 푸른 잎
땅에 떨어져
썩어가는 것들조차 아름답구나

나 없는 동안
뱀톱그늘살이부처손아
잘 있었니

겨울인데도
선명한 초록으로 솟아있구나

나 없는 동안
쥐똥나무옆검은돌아
잘 있었니

해가 없는데도
왼쪽 귀퉁이는 여전히 반짝이는구나

나 없는 동안

내가 문득 없는 동안

내가 사랑했던 것들
오래도록
그 자리에 그대로
빛나시길

노을

이루어질 수 없는 사랑이 아름다운 법

혓바닥을 핥으며 어김없이
집으로 밀려드는 바닷물 소리
하늘은 붉고 불그스름한 눈시울을 보이는
개와 늑대의 시간

전생에 만나지 못한 어떤 사연 하나 있기에
알싸하게 스며드는 냉기

어디에 있을까
숨겨진 내 날개옷

누구인지도 모르는
그대를 외치다
하늘에 피를 토하고

어느 날에
기적처럼
까마귀들이 다리를 놓으면

그 머리를 밟고
성큼성큼 건너가
그대를 만날 수 있을까

이 세상에 없는 그대는
아, 나의 증오
나의 사랑

그대가 없는 이 세상은
언제나
물기 마른 집

그대가 없는 이 시간은
언제나
25시

고요한 시간만이 언제나 아름다운 법

달리자, 캔디*

외로워도 슬퍼도 울지 않는 캔디야
함께 달려보자
이 누추한 계절을 지나
우리의 그림자보다도 더 빨리
우리 자신이 누구인지도 모를 만치
달려보자꾸나
얼굴의 가면을 담당했던 화장도 지우고
레이스 달린 치렁치렁한 옷들도 벗어 던지고
바람을 거슬러
소리와 소문이 없는 곳
이야기도 바짝 말라
손가락 사이 모래처럼 스르르 빠지는 곳
안소니와 테리우스**도 없는 곳
눈물마저 나비의 날개처럼 푸석거리는 곳
그리하여
우리 자신이 속도가 되고
시간이 되는 곳
어떠한 흔적도 없이 마른 바람만이 울게 하자꾸나
거추장스러웠던 이름도 지워버리고
가볍디가벼운 침묵이

어두운 들판의 야생 꽃으로 피어나는 곳으로 가고 말자
생의 결론은 어차피 마찬가지
나의 너
너의 나
캔디야

* 캔디: 1976년 일본의 애니메이션 영화 「캔디」에서 고달픈 생활 속에서
   도 용기를 잃지 않는 주인공 고아 소녀의 이름.

** 안소니와 테리우스: 캔디가 위기에 빠질 때마다 구해 주고 위로해 주던
   남자 친구들.

도서관에서

책장을 넘기는 얇은 바람 소리
공기가 구멍들을 들락날락하는 휘파람
우리의 몸에 피리가 있다는 것을 알려 주는 숨소리

자신만의 배에 돛을 올리고
검푸른 빛 춤추는 꿈의 바다로
홀로 항해하는 시간

아이 어른 할 것 없이
한 자리의 무게를 견디며
깊은 명상에 빠진
인도 스님같이
조용하다 못해 비장하다

언어는 새로운 언어를 창조하는 법

마음속 울림들은
제 밀도를 못 이겨
자신만의 행성들을 일제히 밀어 올리기

검푸른 바닷물이 사람과 사람 사이로 출렁이기 시작하자
각양각색의 별들이
제멋대로 떠오르며
자신의 열기로
짐승의
껍데기를 태우기 시작한다

여기저기 진동하는
노리끼리한 살 타는 냄새

바람이 사는 곳

    화산이 폭발하는 배경으로 알로사우루스, 브라키오사우루스, 아파토사우루스 공룡들이 포효하고 있는 퍼즐을 아이들과 맞추어봅니다 가장자리부터 시간을 좀먹듯이 끼우다 보면 신기하게도 서서히 없던 그림이 생겨나지요 그런데 아파토사우루스 공룡 꼬리 부분 퍼즐 한 조각이 보이지 않는군요

    그는 어디로 갔을까요 긴 꼬리를 자르고 수천만 년 전 백악기로 사라져버린 걸까요 내 마음속 싸리 빗자루로 쓸고, 지나간 흔적만 남아있는 당신 아니면 대신할 수 없는 텅 빈 공간에 무엇이 살고 있나요 그림자도 없고 모래도 없는 그곳 희디흰 바람 한 조각만 허허로이 거닐고 있군요

    초록 심장 한 조각으로도 부족한

    쓸쓸함으로 남아있는 그곳

    누구에게나 마음 한구석 그리움의 텅 빈 바람 공간

    한 조각쯤 있겠지요

바위

바위가 말이 없다고 하는 것은 다 거짓말이다
바위는 할 말이 너무도 많아
자신의 몸속에 무리수 같은 언어를 가두고 있을 뿐

수다쟁이 바위를 상상해 보라

작고 수많은 모래 알갱이들
바위가 되기 전
각양각색의 사연과 이야기를 간직한 채
아무 일도 없었다는 듯 무심히 서있는 것이다

우리는 바위 곁을 지나칠 때면
두 귀를 막아야 한다
한번 터지기 시작하는 이야기들을 감당하지 못하므로

그해 어느 날
바위의 모래알 같은 작은 알갱이들이
동시에 말하기 시작하자
나는 그 바위를 안고
두 팔로 조용히 쓰다듬기 시작했다

발레버러지
─할머니의 말 2

그해 청량리 청과물 시장 근처 여름이면 우리 집 2층 창문
으로 손가락 마디만 한 바퀴벌레들이 날개를 퍼덕이며 날아
들었을 적에 우리 형제들은 소리를 지르며 난리 법석 할머니
는 아무렇지도 않은 듯 손에 잡히는 대로 걸레나 신문지 조
각으로 꾹 눌러 죽이실 때 흘러나오던 누르스름 물컹한 액체
아따 날씨가 더운께 발레버러지가 징하게 들어와야 바퀴벌레
를 늘 발레버러지라 부르시던 할머니 학교 문턱에도 못 가본
까막눈 때때로 그 징그럽던 바퀴벌레도 발레버러지라고 부
르니 조금은 참을 만했던 것을 할머니는 알고 계셨던 것일까

시詩

당신을 골똘히 생각하는 동안
플래시처럼 꽃봉오리는 팡팡 터지고
보슬보슬
비는 갈지자로 휘날리고
산등성에는 운무가
가만히 쉬었다 가고
당신의 눈빛을 닮은 눈은
하염없이 쌓이다가 해 따라 녹고 얼고
그 사이
내 검지손가락은 얇아지고 얇아져
어디서 안녕을 고했는지
실반지는 나를 떠나버리고

햇빛 짱짱한 어느 날
빨간 옷 입은 흰 제비가 전해 준 편지 한 장

내가 당신을 쓰는 게 아니라
당신이 나를 쓰고 있노라는
먼 기별

사막에서 살아남기

휘잉휘잉 불어오는 모래 먼지
내 입과 폐에 가득 찬 흙가루, 기분 나쁜
저 멀리 스멀스멀 아지랑이 같은 신기루 피어나는데
뱉어도 뱉어도 가래는 목에 걸려 있고
어디서 날아든 정체 모를 말(言)들만 공기 중에 유령처럼
부유하고 있다

그동안 얼마나 이곳을 옥토로 바꾸려 발버둥 쳤던가
말의 가루들을 빻고 빻아 체에 거르고
한 해에 한 번 올까 말까 하는 비를 섞어
꼭꼭 씹어본다
가래와 부질없는 말들
꿀꺽 삼키기로 하자
그것들을 삭이고 삭여 초록 몸속에 집어넣고
긴 구름 그림자 여럿 지나가게 하고
해도 바삐 서로 왔다 동으로 지나가는 사이

온몸에 돋은 선인장 가시로
급히 입술을 꿰매는데

오로지 침묵의 바람만이 말의 뼈를 긁어대며 연주를 하고
유유히 자신의 긴 옷자락을 질질 끌며
그림자도 없이 무심히 아무 일 없다는 듯 지나치는데
가는귀 먹은 귀만 당나귀 귀처럼 조금씩 자라기 시작한다

생의 한가운데

언제나 생은 두렵고 위험한 것

나는 여태껏
생이 갈기는 채찍을 요리조리 피하며 살아왔구나

팽이가 돌면서 흰빛을 낼 수 있는 건
기꺼이 고통을 껴안으며
투명한 허공 속으로 온몸을 던지기 때문

팽이가 날개 달고
땅 위에서 춤출 수 있는 건
자신의 깊숙한 심장 속
에너지에 집중하기 때문

채찍을 맞으며
생의 한가운데

제 열기가 다해
두개골이 땅에 처박힐 때까지
돌고

돌고
자신마저 지우고
흰빛이 될 때까지
미친 듯 돌자
돌자꾸나

손금

손금의 생명선이 잠시 끊긴 시간

길고 하얀 수술대 위에서
목구멍에 낀 긴 관으로 간신히 호흡을 이어가고 있을 때
차갑고 하얀 수술실에서 그나마 위로가 된 건
두려움에 떠는 내 손을 잡으며
금방 끝날 거예요, 라고 살갑게 말해 주던 어린 인턴

육체와 정신이 완벽하게 분리된
그 어디쯤
폐의 찢어진 솔기가 어떻게 꿰매졌는지도 모르고
어둠 속 찌그러져 있던 의식이
나를 조용히 부를 때

어디에서인가
으앙으앙
막 태어난 아기의 두려움 가득한 울음소리

환청이었을까
눈을 떴을 때

몰려드는 통증과 함께
바퀴 달린 침대에 실려
연옥의 강을
헤적헤적 건너갈 적에

흩뿌려진 생명을 누가 모아 왔는지
다시금
내 손바닥에
희미한 줄이 그어지는
찰나

송아지

젖 뗀 지 얼마 안 된
송아지 세 마리가 목에 줄이 매인 채
일 톤 트럭에 실려
어디론가 가고 있다

트럭이 흔들릴 때마다
불안한 송아지들은
자기들끼리 얼굴을 비비며
그 큰 눈망울도 이리저리 흔들리는데

너희들을 보내야 했던 어미 소나
송아지를 팔아서 병원비나 자식 등록금을 마련해야만 하
는 소 주인이나
그 소를 운반하며
입에 풀칠하고 살아가는 트럭 운전사나
아들 생일이라고
일찍 일어나 소고기 미역국을 끓여 주는 나나

산다는 것은
하루하루 죄짓고 사는 일일진대

인간들도 결국에는
누군가의 먹이가 될 거라고

어린 짐승의
울렁거리는 눈시울

시간의 집

황소같이 펑퍼짐하게 엎드려있는 산 능선
시간의 가루가 솔솔
뿌려져 쌓인 눈
누가 그 길을 홀로 갔나
지워질 듯 희미한 발자국이
방앗간 앞 자갈 많은 신작로를 지나고
고추밭과 고구마밭을 거쳐
늙어가고 있는 작은 무덤들을 지나쳐
키 작은 소나무들이 자라는 산자락 기슭까지 이어져 있다

저 산 너머에는
틀림없이 시간의 집 한 채가 떡하니 자리 잡고 있을 것만
같아
그 집에는 돌아가신 할머니가
알전구 희미한 건넛방에서
생고구마를 깎고 계실 것 같고
정지*에서는 젊은 엄마가 분주히
불을 때며 솥단지에 김이 모락모락 나는
고구마밥을 짓고 계실 것만 같다

마당에는 영리한 암놈 개 검둥이가 꼬리를 흔들고
어린 나는 손에 장갑 대신 양말을 끼고
눈사람을 만들고 있을 것만 같다
더불어 젊어진 아빠는
마당에 쌓인 눈을 싸리나무 빗자루로 쓸고 있을 것만 같고
뒤꼍의 돼지들은 코에 김을 뿜으며 킁킁거리고
닭장의 닭들은 양 날개 푸덕거리며 부산을 떨 것만 같다
장독대의 석류나무와 대추나무는 푸짐하게 내린 눈을 덮
고 깊은 생각에 잠겨있는데
방앗간 옆 단칸방에 사는 상섭이는
담벼락에 붙어 같이 놀자고 동생 이름을 부를 것만 같다
앞집에 엄마 없이 사는 동갑내기 경자는
술주정뱅이 아버지 심부름으로 우리 점방에
외상 술 한 병 사러 올 것만 같다

시간의 집은
거기 그 자리에 오롯이 있을 것만 같아
아예 발자국을 지워버릴 듯 쏟아지는

눈발 속 발이 푹푹 빠지며
헤적헤적 걸어가고 싶기도 하였다

* 정지: 부엌의 전라도 방언.

시선

시선은 흐리고 연한 풍경을 거르는 거름망

눈을 감으면 풍경이 사라지고
눈을 뜨면 풍경이 다시 나타난다

사람의 눈은
한쪽으로 쏠린 가자미눈 아니면 바깥으로 쏟아질 듯한 사시

잘린 풍경을 길게 이어주고
또렷한 초점을 윤나게 닦아주는 건
두 발 양 코에 달린 눈

시녀詩女에게
―김은영 선배에게

돈암동
작고 아름다운 집들은 무너지고
당신이 살고 있는 곳은 아직
튼튼합니다

문득
뒷산의 우리 작은 쥐똥나무는
잘 있는지

북악 골짜기마다
흘린 우리의 술과 눈물은
어느 바위에 우산이끼로 피어있는지

당신과 당신의 시는
여전한지

길을 가다
어림잡아
당신이 있는 북쪽으로
고개를 돌리면

당신과
머리 풀어 헤쳐진 나무
아물지 않은 손목의 상처
미처 다 쓰지 못한 시들은
빛
나고

당신의 그렁그렁한 눈동자는
지금 어느 바다를 항해하고 있는지

기억의 잔물결은 어디서부터 와서
어디로 흘러가는지

부디 안녕히 계시라

싱거운 놀이

"가장 빠른 개는?"
내가 물어본다
"번개"
한 아이가 대답한다

"그럼 가장 아름다운 개는?"
"무지개"
"와, 잘했어요"
내가 칭찬한다

"가장 큰 개는?"
내가 물어보자, 아이들이 망설인다
"알려 줄까?"
아이들이 궁금한 듯 날 쳐다본다
"안개지"

"백설 공주는 왜 죽었을까요?"
내가 물어보자 한 아이가 자신 있게 대답한다
"독이 든 사과를 먹어서"
"땡!"

다른 아이가 손을 번쩍 들고 대답한다
"아, 알겠다. 백 살 먹어서"
"아쉽다. 거의 답에 근접했는데……"
"뭐지?"
아이들이 궁금해한다
"백설 공주는 늙고 병들어서 죽었지요"
내가 대답하자
아이들만이 크게 웃는다

안개

국민학교 2학년 소풍 가는 날

막걸리 병에 보리차 물

노란 양은 도시락에 김밥을 싸 오신 할머니

어린이대공원 잔디밭에서

김밥을 꺾은 나뭇가지로 나눠 먹던 일

손가락 마디만 한 바퀴벌레들과

주먹만 한 쥐들이 이불 위를 달리고

겨울에는 머리맡에 빨아놓은 걸레가 꽁꽁 얼어있던

청량리 뒷골목 시절

철없던 대학 시절에는

문학을 공부한답시고 술 먹고 늦게 도착한 면목동 버스 정류장에서

흰 치마 펄럭이며 작은 전봇대처럼 날 기다리시던 할머니

사월 초파일이면 어김없이 촛불 켜시고

우리 육 남매의 안녕을 두 손 비비며

웅얼웅얼 기도하시던 할머니

가난하고 구질구질했던 기억도

시간이 지나면 애틋한 그리움으로 남는가

그해 할머니 발인 전날 밤

고향 마을에서는 한 치 앞도 가늠할 수 없는 안개가 자욱
하게 흐르고 있었다
　안개가 자욱하게 끼는 것은
　예부터 죽은 사람의 아쉬운 발걸음이라는 전설이 전해 내
려오고 있었다
　나는 그 안개 속을 헤치며
　터벅터벅 걸어오는 길

　나는 눅눅한 이불처럼 감싸 주던 안개가
　차라리 걷히지 않기를 바라고 또 바랐다

어떤 나무

인간이 먹이를 찾아
여기저기 떠돌아다닐 적에
배고픔과 추위에 허덕일 때
어떤 인간 하나가
고단한 유목 생활을 포기하고
스스로 한곳에 뿌리 박힌 나무가 되고자 하였다

그래서 그는 햇빛이 잘 드는 높은 언덕에 서서
오랜 시간
기도와 수련으로
스스로 나무가 되는 법을 터득하게 된다

서서히 그의 다리는 땅을 뚫고 뿌리가 되었으며
실타래처럼 얽힌 혈관도
찐득한 초록 관으로 변해
뿌리를 통해 영양분이 흘러 올라오고
몸통도 서서히 울퉁불퉁 껍질을 지닌 줄기로 변신하였다
맨 마지막
그의 머리 정수리부터
가는 가지들이 뻗어 나와

나뭇잎들을 매달고 바람에 춤추게 되었다

그는 예전처럼 사방팔방 돌아다니지는 못했지만
하루하루
햇빛과 비, 땅으로부터 양분을 흡수해서 살아가는 삶이
더할 나위 없이 좋았다

그러나
한 무리의 인간들이
또 다른 인간 무리의 소유를 빼앗고
살육하며
울창한 숲에 불을 질러 야생 동물을 잡아가고
끊임없이 자연을 훼손하여
인간 자신의 탐욕을 채워가는 모습을 보아야만 했다

입도 뻥긋 못 한 채
무심히 지켜봐야만 하는 것이
신이 내린 형벌이었음을
그는 미처 알지 못했다

얼룩

산다는 건
어쩌면 죽은 자가 남긴 얼룩을 지우며
그 자리에 슬쩍 앉아있는 것

죽은 자는 죽은 자

산 자는
재빠르게 주검을 땅에 묻으며
추억 한 뭉치 가슴에 담아 내려오는데

짐승들은 영혼조차 없어
한 뼘 땅에 묻힐 수 없는가

자동차에 치여
도로에 널브러진 사체는
무수히 지나가는 바퀴에
형체도 없는
피고름 얼룩으로 남는데

얼룩이 얼룩을 지울 때까지

죽음의 그림자와 함께할 것
그 그림자를 가슴에 새길 것
없다

우리

달무리 짙은 음흉한 밤,

선잠 든 나의 잠자리로 검은 도포 휘날리며

드라큘라 백작 이빨로 급습 내 심장을 깨물고는 스르르 어
둠 가루로 사라지자,

옆에 젓가락처럼 누워

한때 사랑했던 남자에게 아프다며 크게 울었으나

꾀병이라고 무시하며 징징대는 소리 이제 지겹다고 함

다음 날 아침 초록 십자가 매달린 병원에 가서 엑스선 쪼
여보고

길쭉한 우주선 같은 통에도 들어갔다 나오자

희끗희끗 목사 같은 의사가

내 살과 뼈가 분리되고 피가 쓸데없이 많다며 고개를 흔듦

나는 깊은 항아리에 빠진 거미같이

거리를 빗자루 쓸듯 헤매다

저녁이 스멀스멀 기어 다니는 소리를 듣고

어질어질 피가 넘쳐서 부족해

자꾸 숨이 가빠 올라

미워해서 사랑했던 남자

핏기 없이 싸돌아다니는 젊은이들

주름 이불을 덮은 노인들
가는 손과 다리를 가진 아이들
기형적으로 자란 내 송곳니로
쪼개고 쪼갬

점점 주위가 아득하고 아늑해지기 시작함

물끄러미 물음표 가득 찬 사람들
유리 벽 너머로 입김을 세게 불더라도
잊기로 함

애인

정든 바다는
파도를 버리고 멀리 달아나 버리고요
사랑하는 나무는
나뭇잎을 훌훌 털어버리고 어디로 떠났을까요
다정한 꽃들은
그 언제인지 머리를 하나둘 댕강 떨어뜨리며 자취를 감추고
다채로운 표정을 짓던 하늘은
구름을 뭉텅뭉텅 던져놓고 숨어버리고
매일 내 입에 맴돌던 노래들은
글자만 남겨 놓고 어디로 가버렸을까요

오늘도 난 자꾸 그 무엇을 흘렸는지, 잃어버렸는지
뒤돌아보고 또 뒤돌아보는군요

유년의 집

토방 밑 검둥이 집의 검둥이와 살고
가끔 집 나갔다 들어오는 나비와 살고
앞마당에서 꽥꽥거리던 오리들과 살고
처마 밑 제비 집의 제비들과 살고
돼지우리의 돼지들과 닭장의 닭들과 살고
뒷마당의 석류나무와 은행나무와 살고
뒷간의 감나무와 대추나무와 살고
장독대 풀밭을 기어 다니던 갈색 뱀과 살고
항아리 장수, 목수 가족과 살고
부랑 서커스단 사람들과 살고
아모레 아짐*과 살고
죽은 사람 뒷산에 묻고 뒷산을 바라보며 살고
머리카락 속에 이를 키우며 살고
우리의 똥들과도 살고
온갖 잡다한 귀신들과 살던
                집

* 아짐: 아주머니의 전라도 방언.

으슬으슬 혹은 아슬아슬

아홉 살 여자아이와
해적 룰렛 게임을 한다
아이는 분홍 칼을 갈색 통에 꽂고
나는 하얀 칼을 돌아가며 꽂는다
꽂을 때마다 아이는 해적 머리통이 날아갈까 봐
몸을 떨면서 "쌤, 으슬으슬해요" 한다

부모님의 이혼으로
엄마랑 살다가 올해부터는 아빠랑 사는 아이
으슬으슬 혹은 아슬아슬
높은 허공에 매달린 생의 밧줄
갑자기 떨어지지 않게
균형 잃지 않기
실수로 떨어져 상처 입더라도
꿋꿋하게 일어서기
양손에 잡고 걸어갈
장대 같은 것 혼자 만들어보기
밧줄 위에서 춤출 수 있도록
매일매일 피나게 연습하기
생이 뒤에서 갑작스럽게

칼을 꽂더라도
머리에 붙은 정신만은 허공으로 튕겨 가지 않게
꽉 붙들어 매기

이별

당신과 내가
어느 날 갑자기 이별하는 일은
얼마나 다행한 일인지요

아름다운 꽃송이들이 땅으로 곤두박질할 때
비로소 열매가 익듯이
우리의 이별은
나의 마음을 알싸하게 익혀서 독특한 열매를 맺게 하겠죠

그 열매가 익어
다른 사람과 나눠도 먹고 자라고 자라다
흙 속으로 돌아가 안식을 얻을 때
이 또한 얼마나 다행한 일인가요

이 지구에서
영원히 살 수 없다는 것은
정말 행복한 일이에요

하늘과 땅
낮과 밤

밀물과 썰물

겨울봄여름가을

맑은 햇빛과 나무와 풀

당신과 나

만남과 헤어짐

삶과 죽음

뫼비우스 띠처럼 하나로 연결되어 있어요

신 또한 아무 말 없이

우리를 보고만 있다는 것은

그 얼마나 다행한 일인지요

이퀄equal

활짝 핀 꽃송이가 예쁜 건
초록 줄기와 잎, 바닥에 무수히 깔린 풀들이 있기 때문

흰 눈이 더욱 빛이 나는 건
배경이 되어준 덧칠한 회색 건물들이 널브러져 있기 때문

별이 빛날 수 있는 건
어둠이 다투지 않고 어두움으로 남았기 때문

그토록 누군가의 배경이 된다는 것은
슬프고도 아름다운 일

먼 은하계,
은하계로 가득 찬 우주 속
우리 지구 별
만약 거대한 빗자루가 있어
우주 마당을 쓱쓱 쓸고 간다면
한낱 먼지 가루에 불과할 무명일진대

이름을 남기든

누군가의 배경이 되든
결국은 이퀄equal

산다는 것
그리고 죽는다는 것
무심히
바람에 따라
흐르는 구름처럼
우주에서는
너무나도 사소한 일일진대

인도 바라나시에서

구불구불한 마음의 계곡을 지나면
깊은 숨 내쉬고 있는
영혼을 기어코 만날 수 있을 것인가

갠지스강 가트
몇 개의 장작더미 위에
아직 늙지 않은 여자의 흰 발이
빨갛게 타고 있고
연기는 냄새를 데리고 어디로 가는지

타다 남은 뼈다귀를 차지하기 위해
개들은 시체 주위를
늑대처럼 어슬렁거리고
서둘러 세상을 떠난 아이들의 몸들은
갠지스 강물 위에
덜 익은 기억 덩어리처럼 푸르딩딩 떠다닌다
음흉한 까마귀들은(그러나 죄 없는)
강물에 둥둥 떠다니는 시체를 뜯어 먹기 위해
매캐한 연기로 가득 찬 하늘 위를
빙빙 돌고

지독한 가난으로 성급하게 철이 든 아이들은
저승길 노잣돈을 줍기 위해
탁한 물속으로 겁 없이 자맥질
살아서 괴로운 사람들은
성스러운 강에 죄를 씻는다

깊은 침묵에 빠진 하늘에는
빨갛고 하얀 연들이
죽은 자의 영혼처럼
가는 줄에 매달려 이리저리 흔들리고

끝없는 윤회의 고리를 믿는 사람들과
갠지스 강물처럼 무심히 흘러가는 시간들은
이윽고
삶과 죽음을
하나로
이어준다

작은 새를 위하여

햇빛을 잡아당겨
흰 빨래를 탈탈 털어 가지런히 말리자
이것을 참회라 부르기로 하자

돌돌 청소기를 돌려
집 안 구석구석에 있는
먼지를 모아
새의 부등깃을 만들자
이것을 사랑이라 부르기로 하자

흰쌀을 씻어놓고
그 위에 호랑이콩을 집어넣어 밥을 하자
그 콩을 화성에서 자라는 나무의 열매라고 속이자
이것을 헌신이라 부르기로 하자

감자, 당근, 양파, 쇠고기를 잘게 썰어
물을 넣고 끓이다가
순한 맛 카레 가루를 넣고 휘저어 보자
참 내 젖 한 방울도 양념으로 넣어보자
이것을 희생이라 부르기로 하자

싹싹 먹은 그릇들과 숟가락들을
개수대로 들고 가
거품을 튀겨 가며 요란스럽게 부시자
이것을 리듬이라 부르기로 하자

크기와 모양 색깔이
제각각 다른 이불과 베개들을
방마다 깔아놓고
좋아하는 동물 인형들을 하나씩 던지자
이것을 평화라고 부르기로 하자

작은 새들이
뒤척이다 짐승들과 함께 잠이 들면
되도록 예쁜 꿈의 씨앗들을 어두운 하늘에 뿌려보자
이것을 희망이라 부르기로 하자

시계 속의
큰 톱니바퀴와 작은 톱니바퀴들이 맞물려
쉴 새 없이 돌아갈 때마다
그 안에 살던 쥐새끼들이 쪼르르 나타나

내 콧등을 야금야금 갉아먹고
작은 새들이
내 두 어깨를 조금씩 쪼아
점점 둥그스름한 언덕을 만들고 있다고
믿어 의심하지 않기로 하자

음악

피아노 연주가 시작되자
시간과 공간이
수십만 개로 쪼개지고 찢기어
다시 씨줄 날줄 재배치
그 과정이 무한 반복

이윽고
피아노 연주가 끝나자
관객들
일제히
현실의 구덩이 속에 처박혀
어기적어기적
식은 열기를
주섬주섬 가방에 주워 담는다

음악이 관객을 버렸다

잠

나의 잠은
벽에 박힌 못에 걸린 모자

나의 잠은
바지랑대 빨랫줄에 걸린 흰 손수건

나의 잠은
검은 나무
물에 젖은
새소리

나의 잠은
호수 가장자리
살짝 얼린 물풀

나의 잠은
어두운 숲속을
거니는 미친 바람

나의 잠은
긴 장대 위로

쪼르르 올라갔다 내려오는
쥐 한 마리

나의 잠은
당신이 뒤쫓아 오다 밟은
흰 뱀

나의 잠은
그르렁그르렁
검은 고양이의
세 가닥 수염

나의 잠은
긴 장대 위 밧줄 위에
춤추는 광대

나의 잠은
나를 버리고
나 대신 꾸는
한 무더기의 꿈

정든다는 것

중학교 1학년 때
총각 영어 선생님
흰 와이셔츠에 김치 국물 같은 얼룩과 함께
심한 경상도 사투리가 섞인 영어 발음을 침과 함께 곧잘
쏟아내며
어설픈 몸짓으로
여학생들은 수업 시간마다
마른 잎들이 바람에 쓸려 가듯
까르르까르르 웃곤 하였다
그럴 때마다 선생님 왈

웃지 마라
무섭다
이 녀석들아
너희들이 자꾸 웃으면
정이 팍 든다 아이가

정든다는 것은
서로의 갈라지고 터진 발바닥을
오래도록 매만지고 쓰다듬는 일

정든다는 것은
새벽녘에 부스스 일어나
자신의 울음 주머니를 심장에서 떼어내
욕실에서 닦을 때
잠든 척하며 지켜봐 주는 일

정든다는 것은
밥숟가락에
갈치 가운데 두툼한 살을 먼저 얹어주는 일

정든다는 것은
떠나는 터미널에서
엉거주춤
쉽게 읽을 수 없는 표정으로
돌아보고 또 돌아보게 하는 일
헤어졌으나
영영 떠날 수 없는 것
정드는 것은
정말 무서운 일인가 보다

종이 벌레

사실 누렇고 텁텁한 냄새가 나는 책 속에는
종이 벌레들과 내가 오랫동안 동거하고 있답니다
벌레들과 나는
글자들을 먼저 먹어 치우겠다고 싸우기도 하고
잠자리를 선점하려고 달음박질 경주도 합니다
그러나 종이 벌레들이 수적으로 우세한지라
내가 번번이 져서 구석에 찌그러져 있곤 하지요
그러던 어느 날
이래서는 안 되겠다 싶어
그동안 몰래 갈고닦은 손톱 무술로
종이 벌레들을 일괄 소탕하기로 마음먹고
보이는 족족
손톱 끝으로 눌러 죽였습니다
종이 벌레 주검들이
헌책 페이지마다
누리끼리한 얼룩으로 여기저기 남겨질 즈음
종이 벌레들이 일제히
내 눈을 공격
글자인지 살아있는 벌레인지
구분도 못 하는 지독한 근시로 만들어버렸습니다

지금도 지리멸렬한 그 싸움은 끝날 줄 모르고
내 속에 소화되지 못한
글자 똥만이
설사로
뿌지직 주루룩

싸우다
죽다
살다

주목 나무와 여관

햇빛이 오랜 시간 갉아 먹은
낡은 4층 여관 옆
나이 든 주목 한 그루
삐딱하게 서있다

나무 밑동에는 흙을 파다 만 반짝이는 삽 한 자루
아슬하게 박혀 있고

더욱 깊어진 시간
음흉한 달의 시선을 피해
주목과 여관
밀담을 나누며 몸을 섞는다
둘의 그림자엔
별빛들만 자글자글하는데

힘센 일꾼들에게
속절없이 목이 잘리기 전
급히 흰 그림자만 데리고
떠날 채비를 하는
주목과 여관

죽음

숟가락을 들고
침묵을 밥 먹듯이 떠먹는 것

오래되어 딱딱한 흐트러진 밥풀처럼
먼지 낀 자신의 말들을 하나둘씩 거둬들이는 것

어두워지는 팽나무 아래

죽은 자가 실수로 떨어뜨린 말들을
눈이 시뻘게져서
주으러 다니는
사람들

집 2
―깨복쟁이 친구 경자에게

마흔이 훌쩍 넘은 어느 날
오랫동안 소식이 끊긴 네가
젊은 남자랑 내 친정 가게에 왔을 때
걸쭉한 남도 사투리를 쏟아내며
여전한 보조개의 미소를 흘리는 네가
나는 참 보기 좋았다
네가 벌써 손녀가 있는 할머니가 되었다는 것
광주 어디쯤에서 양계를 하며 살고 있다는 것

우리 집 앞집에 살던 경자네는
경자 엄마가 막내인 경자를 낳자마자 시름시름 앓다 돌아
가시고
몇 년 후 아버지마저 알코올 중독으로 돌아가시자
경자네 가족은 객지로 뿔뿔이
초등학교도 제대로 졸업하지 못하고
경자마저 서울 어디 공장으로 일하러 갔을 때
나는 방학 때마다 넘놀던
흙벽에 슬레이트 지붕을 얹은 경자네 집이
풀들과 벌레들에게 조금씩 먹히는 모습을
하릴없이 지켜봐야만 했다

펌프가 있던 마당도
항아리를 묻어놓았던 측간도
몰래 미친년이 김치를 훔쳐 먹던 정지도
작은방 아궁이도
눈 맑은 노루가 나올 것 같았던 장독대의 한 뼘 텃밭도
알아볼 수 없게 되고
급기야 마을 누군가의 밭이 되었을 즈음
경자가 영광으로 시집가서 중장비 일을 하는 남편과 살
고 있다는
소식을 지나가는 바람으로 듣게 되었다

이제는 여기저기 떠돌지 않고
더 이상 배곯는 일 없이
허물어지지 않는
튼튼한 집에서
피붙이들과 오래도록
오순도순 살기를
집에 오는 내내
기도했더랬다

첫 기억

내 생애 첫 기억은
"눈으로 말해요"라는 노래

그때 난 고개를 갸우뚱하며 생각했지

어른들은 참으로 이상하다
어떻게 눈으로 말을 한다고 할까

그날 내 마음속에는
희미하고 녹슨 안개 같은 노래 한 줄기가
흘러왔다가 소리 없이 나가는 것을

내가 태어나기 전부터
한 번도 부르지 않은 신비한 노래 한 가락이
내 몸 깊숙이
어디엔가
새겨져 있나 보다

최 씨 할아버지

고향 마을에는 동네와 외떨어진 뒷산 밑에 이름은 모르고 성이 최 씨인 할아버지가 살고 계셨다 최 씨 할아버지네 파란 기와집 건넛방에는 온몸이 금칠이 된 커다란 장군상들이 모셔져 있었는데 아이를 못 낳은 당신의 부인이 짙은 향을 피우며 제사를 지내는 곳이기도 하였고 앞날이 궁금한 사람들이 찾아오면 점을 봐주는 특별한 장소이기도 하였다 슬하에 자식이 없던 최 씨 할아버지는 우리 집을 들락날락하셨는데 그 이유는 모르긴 몰라도 육 남매가 북적북적하던 집안 분위기 때문이 아니었나 싶다 할아버지는 우리 육 남매 중에서도 나이가 어린 나와 남동생을 가장 예뻐하셔서 당신의 무릎 위에 앉혀 놓고 머리를 쓰다듬고는 허허 웃으시곤 하셨다

보름달이 뒤꼍에 있는 대추나무와 석류나무에 붙잡힌 어느 날, 대여섯 살 정도 되던 내 동생에게 오줌통으로 쓰라며 윤기 나는 황토색 소주 대병 한 개를 놓고 가셨다 사내아이 오줌을 가지고 무슨 한약을 만드는 데 꼭 필요하다고 하시며

그날 이후 동생은 놀다가 오줌이 마려우면 돼지우리 옆 변소를 가는 대신 그 병에 오줌을 누었는데 그런 날이면 나는 고추가 달린 동생이 어쩐지 부럽기만 하였다

틈

어느 날
퇴근하고 집에 오는 길
수백 번 왔던 길
어디서부터 무엇이 잘못된 것일까

빙빙 돌다가 겨우 눈에 익은 건물
실마리를 찾아 집에 돌아온다거나

아침에 당근을 썰다가
갑자기 어긋나 버린 칼날이
새끼손가락을 공격할 때

얌전히 식탁 위에 놓여 있던 숟가락이
바람 한 점 없이
바닥으로 툭 떨어질 때

열려 있던 화장실 문이 하얀 햇빛에 질려
스르륵 닫힐 때

길을 걷다가

술 취한 사람이 던진 소주병이
간발의 차로 내 옆을 스칠 때

전날 무심한 듯 인사하고 헤어진 친구가
다음 날 아침
교통사고로 죽었다는 부고를 접할 때

완벽해 보이는 풍경 속에
어쩌면 가깝고 친숙한 이 세상 어딘가에
우리가 알 수 없는 낯선 틈 같은 것이
아가리를 벌렸다 닫혔다 하고 있어서
흔히 우연한 사고라고 여겨지는 것들이
무심코 지나칠 수도 있고
한번 빠지면 돌아올 수 없는
우리의 한쪽 발을 그림자처럼 노리고 있는
양털 구름 뭉텅뭉텅 그려져 있는 푸른 하늘을
세로로 쭉 찢으면
깊이를 알 수 없는 어두운 세계가 도사리고 있는데

깨금발 모둠발로도 피할 수 없는 법

그러므로

눈 질근 감고

오늘도 무사히

무릎 꿇고 기도하는 잠옷 입은 소녀를

오래도록 볼모로 삼을 것

피아노*

세상 사람들은
더 이상 알려고 하지 않고
초대받지도 않았던 언어

내 오른발과 피아노를 긴 끈으로 연결하고
검고 푸른 바다에 스스로 빠지다

온몸을 끼치는 차갑고 따스한 물결
점점이 모여드는
미처 말하지 못하고
황급히 눈을 감은
희미한 죽은 자들의 어둠 가루가 으스스
바닥에 닿자
흰 다리를 부드럽게 휘감는 수초 줄기

진흙 더미에 반쯤 묻힌 피아노 소리는
여전히 시끄러워 고요한데
간혹 내 긴 머리카락을 슬쩍 매만지고
웃음소리만 묻히고 떠나는 햇살 줄기

눈을 살며시 뜨고
서서히 말을 내뱉기 시작하자
입에서 쏟아지는 자잘한 거품들
빛의 색깔을 모아 온
열대어전기뱀장어야광물고기대왕문어등굽은새우떼

세상은 해가 뜨고 해가 지듯
그럭저럭
얼마만큼의 시간이 모래알로 떨어지는지
알지 못하던 어느 날

나를 위해 신을 향한
깊은 기도로
내 언어를 이미 알고 있노라고
정말로 사랑해서 사랑했노라고
이제는 내 품으로 속히 돌아오라는
당신의 울부짖는 외침 소리가
어찌나 가엾던지(사실 내 자신이 가여웠다)

나의 다리 언저리에

희고 긴 지느러미가 돋기 시작하는 찰나

줄을 풀고
이끼 낀 머리카락을 데리고
바다 위로 유유히 올라와
갓 태어난 아기처럼
깊은 허파로 거친 숨을 몰아쉴 때

당신이 검은 거짓말로 나를 유혹했다는 사실
당신의 거짓말이
거짓말처럼 나를 숨 쉬게 했다는 사실

때때로 어둠에 묻혀
깊은 잠 속을 투명한 해파리처럼 떠다닐 때
바다 깊숙이 진흙 속에 잠긴
내 피아노는
여전히 녹슬지 않고
물방울을 튀기며
팅가 띵가 퉁그르르
연주를 들려주곤 한다

태어나서 처음 듣는

낯설고 아름다운 언어로

* 피아노: 1993년에 개봉된 제인 캠피온 감독, 홀리 헌터 주연의 영화
「피아노」 참조.

흐른다

모든 것은 흐릅니다
흐르지 않는 것은 이 세상에 없습니다
강물이 흐르듯이 풀도 벌레도 나무도 흐릅니다
하늘의 별과 달, 오로라도 흐르지요
사막의 모래, 공룡 화석, 바위산도 흐릅니다
바닷속의 물풀, 온갖 물고기들도 흐릅니다
살아있는 것, 죽은 것 다 흐르지요

나와 당신의 아이가 아이를 낳고
그 아이가 자라 또 아이를 낳는다 할지라도
우주의 흐름 속 작은 일부분일 뿐
시간과 공간은 태초부터 우리 존재와 상관없이
끝없이 흐르고만 있을 테지요

그러니
너무 걱정하지 말아요
아무도 기억하지 못하는 시간이 곧
우리를 덮칠 터이니

할머니 젖, 무덤

엄마 젖을 일찍 뗀 탓인지 중학교 때까지 나는 할머니의 축 늘어진 젖을 만지며 자랐다

서울에서 우리 육 남매를 먹여 주고 업어 키워주신 건 다름 아닌 우리 엄마의 엄마

내가 국민학교 다닐 때 우리 집은 청량리 2층 단독주택 나는 그 집 2층 흔들리는 녹슨 난간에 대롱대롱 매달리기도 하고 옥상 턱을 넘어 옆집 사는 친구 집에 자주 놀러 다니곤 하였다 돌이켜 보면 내가 난간에 떨어져 장애인이 되거나 옥상 턱을 넘다 옥상에서 추락해 죽지 않고 살아남은 건 순전히 울 할머니 젖 때문

어느 해 겨울 할머니가 낙상으로 고생하시다가 여든여덟 살에 돌아가시자 우리 피붙이들은 고향 마을이 훤히 보이는 패랭이꽃이 만발한 양지에 할머니를 묻어드렸다 보송보송 새 흙냄새 훅 풍기는 둥그런 봉분은 새색시의 유방같이 단내 나고 탐스러워 그 위에 한참을 누워보기도 하였는데 문득 할머니가 다시 젊어지신 건 아닐까 착각이 들기도 하였다

솜털 보송보송한

우리 할머니 젖, 무덤

너무 걱정하지 마요

문종필(문학평론가)

> "사람은 죽을 곳을 알아야 한다"고 하지만 이 말은 시에도 통한
> 다. 어떻게 잘 죽느냐—이것을 알고 있는 시인을 "깨어 있는"
> 시인이라고 부르고, 이것을 완수한 작품을 "영원히 남을 수 있
> 는 작품"이라고 우리들은 항용 말한다. 그런데 조금 더 따지고
> 보면 "사람은 죽을 곳을 알아야 한다"는 말은, 사람은 자기만이
> 죽을 수 있는 장소와 때를 알아야 한다는 말이 되는데 이 말을
> 시에다 적용하는 경우에는 "자기 나름"으로, 즉 자기의 나름의
> 스타일을 가지고 죽어야 한다는 말이 된다.[*]

위로

시詩에 있어서 화자의 작은 목소리가 누군가에게 힘이 될
수 있다면 그 목소리는 최소한의 목적을 달성한 것이나 다름
없다. 좋은 작품이 있고 덜 좋은 작품이 존재하겠지만 누군
가를 껴안아 줄 수 있는 시라면 어떤 방식이든지 성공한 작품
이라고 평할 수 있다. 내게 서현진 시인의 시는 그렇게 다가
왔다. 그녀의 시를 읽으며 나도 모르게 위로를 받았다. 꾸밈
이 없고 솔직한 그녀의 목소리에 귀를 기울이는 과정에서 그

---

[*] 김수영, 「'죽음과 사랑'의 대극은 시의 본수本髓」, 『김수영 전집 2』(개정
판 5쇄), 민음사, 2007, 600쪽.

래 그렇구나, 라고 말하며 힘을 내보자고 다짐했던 것 같다. 바위틈에 숨어 초록색 빛을 내는 이끼—작품—를 바라볼 때면 머리를 흔들며 조금 더 빠르게 걸음을 옮겨 숨을 내쉬자고, 조금만 더 잔인한 이 계절을 버텨보자고 다짐했던 것 같다. 사는 것이 힘겹지만 그래도 살아야 한다고 힘차게 시멘트 바닥을 디뎠던 것 같다.

> 모든 것은 흐릅니다
> 흐르지 않는 것은 이 세상에 없습니다
> 강물이 흐르듯이 풀도 벌레도 나무도 흐릅니다
> 하늘의 별과 달, 오로라도 흐르지요
> 사막의 모래, 공룡 화석, 바위산도 흐릅니다
> 바닷속의 물풀, 온갖 물고기들도 흐릅니다
> 살아있는 것, 죽은 것 다 흐르지요
>
> 나와 당신의 아이가 아이를 낳고
> 그 아이가 자라 또 아이를 낳는다 할지라도
> 우주의 흐름 속 작은 일부분일 뿐
> 시간과 공간은 태초부터 우리 존재와 상관없이
> 끝없이 흐르고만 있을 테지요
>
> 그러니
> 너무 걱정하지 말아요
> 아무도 기억하지 못하는 시간이 곧

우리를 덮칠 터이니

—「흐른다」 전문

　개인적인 이야기를 조금 더 해보자. 나는 늘 운명을 거부
하면서 살았던 것 같다. 흐르는 물속에서 흐름을 좇아가기
보다는 강물을 거슬러 오르는 연어처럼 자연스러움을 거부
했다. 늘 이렇게 행동했기 때문에 내 어깨와 무릎은 아작 났
다. 그래서 이제는 더 이상 걸을 수 없는지도 모른다. 몸으로
썼던 탓에 이미 내 몸은 시퍼렇게 멍들어 흉한 모습이 된 것
이다. 몸을 이렇게 굴려 먹었으니 끝을 생각하게 된다. 지금
내겐 바람과 여유가 절실하다. 그러던 찰나에 이 시집의 마
지막 작품을 읽게 되었다. 모든 것은 흐르고 흐른다는 시인
의 말을 듣고 있으니 운명을 거부하려고 했던 지난 시절이 부
질없게 다가온다. 내가 품은 욕심도 욕망도 사랑도 이제 더
이상 억지를 부리지 말자고 다짐해 본다. 나는 무엇을 바라
지금까지 힘겨운 생을 끌고 온 것일까. "나와 당신의 아이가
아이를 낳고/ 그 아이가 자라 또 아이를 낳는다 할지라도/ 우
주의 흐름 속 작은 일부분일 뿐"인데 말이다. 이 시는 이렇게
내 지친 어깨를 껴안아 주었다.

　나의 사랑아,

　해마다 벚꽃이 피걸랑

　그 연한 벚꽃 송이들이 너희를 스칠 때마다

　엄마가 남긴 수많은 입술 자국이라고 생각하렴

너희들이 내 배 속에서

처음엔 조그만 씨였다가

그 다음엔 물고기

또 그 다음엔 양서류로

가장 나중엔 인간의 형태로 자라서

달릴 거 다 달고 꼬물꼬물 이 세상에 나왔을 적에

엄마는 너희 몸 구석구석 하얗고 붉은 입술 도장을 찍었지

그래서 봄만 되면 엄마의 입술 자국이 되살아나

미친 듯이 꽃송이를 터뜨리는 거란다

시간이 엄마를 앞질러

내가 다시는 입술을 열 수 없게 되어도

언제나 봄만 되면 벚꽃은 하얀 연분홍빛

부스럼처럼 덕지덕지 붙어있을 것이고

나의 입술이 닿았던

너희의 몸 구석구석에도 연붉은 열꽃이 피겠지

어른이 된 너의 입술도

사랑하는 누군가에게

잊혀지지 않는 자국으로 남으리니

—「벚꽃」 전문

이 시는 참 따뜻한 시이다. 사랑하는 두 아들에게 진심으로 하는 말이기에 아이들에게 향하는 애정이 내게도 전달되는 듯하다. 그래서 우리는 다음과 같은 익살스러운 몽상을 할

수 있다. 어느 날 갑자기 그녀가 이 계절에 없는 존재가 되었을 때, 이 땅에 남겨진 두 아들은 어떤 생각을 하게 될지 말이다. 답은 자명하다. 아마도 두 아들은 시인이 남긴 수많은 입술 자국을 오래도록 잊지 못할 것이다. 사랑하는 엄마가 두 아들에게 해주었던 것처럼 이들도 동일한 방식으로 사랑하는 당신에게 물려줄 것이다. 이 시를 읽는 독자들도 마찬가지다. 아이들에게 향하는 엄마의 사랑을 감각적으로 기억해 누군가에게 온기 있는 사랑을 전달해 줄 수 있을 것 같다. 이처럼 서현진 시인의 시는 따사롭다. 그래서 위로가 된다.

순환循環

앞의 두 시는 철학적이고 따스하지만 그 이면에는 '끝'을 품고 있다. "흐르지 않는 것은 이 세상에 없습니다"와 같은 문장은 흐르기 위한 전제 조건으로 끝을 상정하고 있고, "내가 다시는 입술을 열 수" 없게 될 것을 가정하는 태도도 끝과 무관하지 않다. 시인은 늘 항상 끝을 염두에 두고 있다. 그래서 그녀가 쓴 여러 시편에서 삶과 죽음의 흔적을 찾아보는 것은 어렵지 않다. 이 흔적을 느끼는 과정에서 우리는 내 삶과 죽음을 다시 한번 더 응시하게 된다. 그래서 이 작품들은 어떤 방식이든지 소중하다. 죽음을 응시한다는 것은 삶을 응시하는 것이기에 반성적인 사유를 제공해 주기 때문이다.

당신과 내가
어느 날 갑자기 이별하는 일은
얼마나 다행한 일인지요

아름다운 꽃송이들이 땅으로 곤두박질할 때
비로소 열매가 익듯이
우리의 이별은
나의 마음을 알싸하게 익혀서 독특한 열매를 맺게 하겠죠

그 열매가 익어
다른 사람과 나눠도 먹고 자라고 자라다
흙 속으로 돌아가 안식을 얻을 때
이 또한 얼마나 다행한 일인가요

이 지구에서
영원히 살 수 없다는 것은
정말 행복한 일이에요

하늘과 땅
낮과 밤
밀물과 썰물
겨울봄여름가을
맑은 햇빛과 나무와 풀
당신과 나
만남과 헤어짐

삶과 죽음
뫼비우스 띠처럼 하나로 연결되어 있어요

신 또한 아무 말 없이
우리를 보고만 있다는 것은
그 얼마나 다행한 일인지요

　　　　　　　　　　　　　—「이별」 전문

　앞서 말했던 것처럼 시인은 순환될 수밖에 없는 인간의 운
명에 대해 너무나 잘 알고 있는 것 같다. 일반적으로 생각할
때 이별은 슬픈 것으로 간주될 수 있으나, 시인은 이별이 있
기 때문에 오히려 더 다행스럽다고 말한다. 그녀에게 있어
서 가지에 붙은 열매가 땅에 떨어지는 것은 안타까운 것이 아
니다. 떨어짐으로 인해 새로운 열매를 맺을 수 있으니 떨어
짐 자체가 가능성을 품고 있다. 열매가 흙 속으로 돌아가 안
식을 취할 때도 마찬가지다. 슬픈 일이 아니다. 비바람을 버
텨온 열매에게는 오히려 안식의 시간이다. 그래서 시인에게
"지구에서/ 영원히 살 수 없다는 것은/ 정말 행복한 일"이다.
화자에게 만남과 헤어짐 그리고 삶과 죽음은 분리되어 있지
않다. 삶이 죽음이고 죽음이 곧 삶이다. 만남이 헤어짐이고
헤어짐이 만남이다. 그렇다면 시인은 '끝'에서 어떤 생각을
하고 있을까.

　나 없는 동안

밤나무물푸레나무버드나무잣나무느티나무오동나무소나무야
잘 있었니

비에 젖었어도
흠뻑
검은 줄기 갈색 푸른 잎
땅에 떨어져
썩어가는 것들조차 아름답구나

나 없는 동안
뱀톱그늘살이부처손아
잘 있었니

겨울인데도
선명한 초록으로 솟아있구나

나 없는 동안
쥐똥나무옆검은돌아
잘 있었니

해가 없는데도
왼쪽 귀퉁이는 여전히 반짝이는구나

나 없는 동안

내가 문득 없는 동안

내가 사랑했던 것들
오래도록
그 자리에 그대로
빛나시길

—「나 없는 동안」 전문

　밖에 있는 대상을 쳐다볼 때도 마찬가지이겠지만 '나'를 그려낼 때도 욕심은 아무런 도움이 되지 못한다. 안이나 밖이나 욕심은 시인에게 큰 장애물로 다가온다. 이러한 맥락에서 위의 시는 욕심 없이 일기처럼 솔직하게 쓴 작품이다. 시인은 나무를 쳐다보며 "나 없는 동안" 잘 있었냐고 묻는다. "나 없는 동안// 내가 문득 없는 동안// 내가 사랑했던 것들/ 오래도록/ 그 자리에" 빛나길 바란다. 여기서 중요한 것은 '-있었니'라는 애교 섞인 말투와 "빛나시길"에서 '-하시길'이라는 닫힌 말투다. 이 표현들은 끝과 시작 사이에 서있는 것 같다. 그런데 화자는 끝에서 불안해하지 않는다. 오히려 새콤한 몸짓으로 대상에게 엷은 미소를 보인다. 나는 이 미소를 얻기 위해 시인이 통과해야만 했던 힘든 시절을 자연스럽게 셈해 보게 된다. 과거에 얼마나 많이 아파했을까. 대체 무슨 일이 있었기에 두려운 '끝'을 살포시 감싸 안게 된 것인지 말이다. 이처럼 시인은 끝에서 여유를 부리는 사람이다. "언젠가 내가 흰나비가 되더라도/ 이어질 질기고도 투명한/ 끈 하나"(「산책 2」) 쥐고 있다고 말하는 태도나, "누군가의 배경이 된 다는 것"(「이퀄equal」)은 슬프고 아름다운 일이라며 '배경'에 무 게중심을 두는 행위는 그녀가 늘 끝에서 맴돌고 있었음을 증 명해 준다. 시인은 어떤 사람일까.

시인詩人

돌고 도는 팽이를 쳐다보며 시인은 "생이 갈기는 채찍을 요리조리 피하며"(「생의 한가운데」) 살아왔다고 스스로를 꾸짖 는다. 여기서 중요한 것은 시인 스스로 생을 자신감 있게 살 아보지 못했다고 인식하는 태도다. 자신 스스로를 반성하는 태도는 나를 썩게 놔두지 않는다. '나'를 성장시킨다. 문제가 되는 것은 자신에게 아무런 문제가 없다고 자만하는 태도일 것이다. 시인은 스스로를 반성하고 있기 때문에 성찰 속에서 아래의 문장을 일궈낸다. "제 열기가 다해/ 두개골이 땅에 처 박힐 때까지/ 돌고/ 돌고/ 자신마저 지우고/ 흰빛이 될 때까 지/ 미친 듯 돌자/ 돌자꾸나"라고 말이다. 그래서일까. 이 감 각이 시인에게 어떤 자극을 가져다주었는지는 확실하지 않지 만 「작은 새를 위하여」는 다소 비장하게 느껴진다. 현실에서 의 해결책을 외부에서 찾는 것이 아니라 내부에서 돌파하려 는 모습이 인상적이다.

햇빛을 잡아당겨

흰 빨래를 탈탈 털어 가지런히 말리자
이것을 참회라 부르기로 하자

돌돌 청소기를 돌려
집 안 구석구석에 있는
먼지를 모아
새의 부등깃을 만들자
이것을 사랑이라 부르기로 하자

흰쌀을 씻어놓고
그 위에 호랑이콩을 집어넣어 밥을 하자
그 콩을 화성에서 자라는 나무의 열매라고 속이자
이것을 헌신이라 부르기로 하자

감자, 당근, 양파, 쇠고기를 잘게 썰어
물을 넣고 끓이다가
순한 맛 카레 가루를 넣고 휘저어 보자
참 내 젖 한 방울도 양념으로 넣어보자
이것을 희생이라 부르기로 하자

싹싹 먹은 그릇들과 숟가락들을
개수대로 들고 가
거품을 튀겨 가며 요란스럽게 부시자
이것을 리듬이라 부르기로 하자

크기와 모양 색깔이
제각각 다른 이불과 베개들을
방마다 깔아놓고
좋아하는 동물 인형들을 하나씩 던지자
이것을 평화라고 부르기로 하자

작은 새들이
뒤척이다 짐승들과 함께 잠이 들면
되도록 예쁜 꿈의 씨앗들을 어두운 하늘에 뿌려보자
이것을 희망이라 부르기로 하자

시계 속의
큰 톱니바퀴와 작은 톱니바퀴들이 맞물려
쉴 새 없이 돌아갈 때마다
그 안에 살던 쥐새끼들이 쪼르르 나타나
내 콧등을 야금야금 갉아먹고
작은 새들이
내 두 어깨를 조금씩 쪼아
점점 둥그스름한 언덕을 만들고 있다고
믿어 의심하지 않기로 하자

　　　　　　　　　—「작은 새를 위하여」 전문

　시인은 흰 빨래를 털어 가지런히 말리는 일을 참회라고 부른다. 집 안 구석에 쌓인 먼지를 모아 새의 부등깃을 만드는 행위를 사랑이라고 부르고, 영양가 있는 흰쌀밥을 짓기 위해 콩을 넣는 행위를 헌신이라고 부른다. 카레를 만들다가 "참 내 젖 한 방울"을 넣는 행위를 희생이라고 부르고, 힘 있게 설거지하는 행위를 리듬이라고 말한다. 이불과 베개가 가지런히 놓여 있는 곳에 동물 인형을 던지는 행위를 평화로 간주하고, 작은 새들이 날 수 있도록 예쁜 소망을 꿈꾸는 행위를 희망이라고 노래한다. 이러한 의식적인 행동은 마지막 연에서 의미가 증폭된다. 쥐새끼들이 "내 콧등을 야금야금 갉아" 먹는 것과 작은 새들이 "내 두 어깨를 조금씩 쪼아" 먹는 것이 "둥그스름한 언덕"을 만드는 것이라고 말이다. 화자의 이러한 의식적인 행위는 현실의 틀어짐을 외부가 아닌 내부에서 극복하고자 한다는 점에서 애정이 간다.

시인은 "북아현동 45도쯤 경사진 언덕 끝 3층 건물 반지하 방"(「반지하방의 추억」)에서의 생활이 행복했다고 말한다. 시인에게 멋진 공간과 높은 숫자로 환원되는 장소는 매력적으로 다가오지 않는다. 오히려 그녀에게는 '나'와 말이 통하는, 나를 깊이 이해해 줄 수 있는 '당신'이 그 어떤 존재보다도 소중했는지 모른다. 그래서 그녀는 어린 시절 함께 보낸 좋은 사람들을 잊지 못한다. 이 장소에서 함께 보낸 소중한 결들을 손쉽게 떨치지 못한다. 깨복쟁이 친구 경자를 잊지 못하고, 최 씨 할아버지의 웃는 모습을 잊지 못한다. 중학교 때 만난 인상 좋은 영어 선생님을 오래도록 가슴에 품고 살아간다. 시인은 정 많은 사람이다.

중학교 1학년 때

총각 영어 선생님

흰 와이셔츠에 김치 국물 같은 얼룩과 함께

심한 경상도 사투리가 섞인 영어 발음을 침과 함께 곧잘

쏟아내며

어설픈 몸짓으로

여학생들은 수업 시간마다

마른 잎들이 바람에 쓸려 가듯

까르르까르르 웃곤 하였다

그럴 때마다 선생님 왈

웃지 마라

무섭다

이 녀석들아

너희들이 자꾸 웃으면

정이 팍 든다 아이가

정든다는 것은

서로의 갈라지고 터진 발바닥을

오래도록 매만지고 쓰다듬는 일

정든다는 것은

새벽녘에 부스스 일어나

자신의 울음 주머니를 심장에서 떼어내

욕실에서 닦을 때

잠든 척하며 지켜봐 주는 일

정든다는 것은

밥숟가락에

갈치 가운데 두툼한 살을 먼저 얹어주는 일

정든다는 것은

떠나는 터미널에서

엉거주춤

쉽게 읽을 수 없는 표정으로

돌아보고 또 돌아보게 하는 일

헤어졌으나

영영 떠날 수 없는 것

정드는 것은

정말 무서운 일인가 보다

—「정든다는 것」 전문

할머니

앞서 나는 서현진 시인의 특징 중의 하나가 정이 많다고 적었다. 정이 많다는 것은 무엇인가를 쉽게 내려놓지 못하는 것을 의미한다. 사랑도 그렇고 우정도 그렇다. 시인은 정이 많기 때문에 가볍게 스쳐 간 타인의 목소리조차 손쉽게 흘려버리지 못한다. 그런데 그녀가 유독 잊지 못하는 한 사람이 있다. 할머니가 바로 그 존재이다. 할머니의 변하지 않는 사랑과 따뜻함은 그녀를 평생토록 붙잡아 두었다. 이 시들은 살아서 꿈틀거린다. 이 시편*들은 그 누구의 것과도 바꿀 수 없다. 비교 대상이 존재하지 않는다. 이러한 이유로 비평가의 목소리로 이 부분을 채우기보다는 시인의 언어를 옮겨 놓는 것이 옳다고 생각한다.

엄마 젖을 일찍 뗀 탓인지 중학교 때까지 나는 할머니의 축 늘어진 젖을 만지며 자랐다

서울에서 우리 육 남매를 먹여 주고 업어 키워주신 건 다름 아닌 우리 엄마의 엄마

내가 국민학교 다닐 때 우리 집은 청량리 2층 단독주택 나는 그 집 2층 흔들리는 녹슨 난간에 대롱대롱 매달리기도 하고 옥상 턱을 넘어 옆집 사는 친구 집에 자주 놀러 다니곤 하였다 돌이켜 보면 내가 난간에 떨어져 장애인이 되거나 옥상 턱을 넘다 옥상에서 추락해 죽지 않고 살아남은 건 순전히 울 할머니 젖 때문

어느 해 겨울 할머니가 낙상으로 고생하시다가 여든여덟 살에 돌아가시자 우리 피붙이들은 고향 마을이 훤히 보이는 패랭이꽃이 만발한 양지에 할머니를 묻어드렸다 보송보송 새 흙냄새 훅 풍기는 둥그런 봉분은 새색시의 유방같이 단내 나

* 이에 해당되는 작품으로 「한 울음」 「할머니 젖, 무덤」 「거시기-할머니의 말 1」 「안개」 「발레버러지」 등이 있다.

고 탐스러워 그 위에 한참을 누워보기도 하였는데 문득 할머
니가 다시 젊어지신 건 아닐까 착각이 들기도 하였다

솜털 보송보송한

우리 할머니 젖, 무덤

—「할머니 젖, 무덤」 전문

할머니는 낙상으로 고생하시다 여든여덟에 초록이 되었
다. 그해에 육 남매들은 고향에 할머니를 데려다주었다. 홀
로 육 남매를 키우기가 쉽지 않았을 텐데, 할머니는 이 힘든
일을 혼자서 다 해냈다. 그렇기 때문에 애정 어린 눈으로 시
인을 돌봐 주었던 할머니를 오래도록 잊지 못하는 것은 어쩌
면 너무나 당연하다.

할머니는 어떤 사람이었을까. 그녀는 일꾼들이 배추를 옮
길 때 떨어트린 배춧잎을 모아 된장국을 끓이는 성실한 사람
이었다. 소풍을 갈 때면 맛있는 김밥과 보리차를 챙겨주셨
다. 철없던 대학 시절 "문학을 공부한답시고 술 먹고 늦게 도
착한 면목동 버스 정류장"(「안개」) 앞에서 늘 항상 변함없이 흰
치마 펄럭이며 "전봇대처럼" 시인을 기다렸다. 사월 초파일
에는 육 남매를 위해 부처님에게 기도를 드렸다. 시인에게 이
시절은 가난하고 구질구질했지만 할머니의 사랑이 있었기에
가난하지도 구질구질하지도 않았다. 시인은 그렇게 믿는다.
할머니의 사랑은 잊고 싶은 지난 시절을 추억으로 바꿔준다.

국민학교 2학년 그해 여름
학교가 파하고
터덜터덜 집으로 걸어오던 길
햇빛은 어찌나 내리꽂히던지
전봇대에 덕지덕지 붙어있던
하얀 속살 울렁이던
삼류 극장의 영화 포스터들은
또 어찌나 낯간지럽던지
그날따라 친구들은 코빼기도 안 보이고

실내화 주머니를 빙글빙글 돌리며
기찻길을 끼고
살림이 훤히 보이던 판잣집을 지나
미로 같은 좁은 골목길로 접어드는데
왠지 좀 가벼워진 무게감에
실내화 주머니를 들춰보니
아뿔싸
사라진 꼬질꼬질
실내화 한 짝

급히 되잡아 가던 길
보이지 않고
할머니한테 혼날 게
무서워

파랗게 녹슨 대문이 삐그덕
할머니 얼굴과 부딪치는 순간
나도 모르게
엉엉

이야기를 한 바가지 쏟아놓자
굳은 얼굴로
아무 말씀 안 하시던 그날

크게 울길 잘했어
정말

—「한 울음」 전문

더 이상의 해설은 불필요하다고 생각한다. 마지막으로 시인과 할머니의 웃기고 슬픈 이야기를 옮겨 놓는다. 그녀는 '시인의 말'에서 "언어 이전의 사랑을 알려 주신/ 외할머니께 이 시집을 바친다"고 적었다. 변하지 않는 사랑이 있다면, 이런 사랑을 두고 하는 말이 아닐까.

천년의시인선

167